FIRST THOUSAND WORDS

IN SPANISH

With Internet-linked pronunciation guide

Heather Amery

Illustrated by Stephen Cartwright

Edited by Nicole Irving
and designed by Andy Griffin

Spanish language consultant: Esther Lecumberri

About Usborne Quicklinks

To access the Usborne Quicklinks Web site for this book, go to
www.usborne-quicklinks.com
and enter the keywords "1000 LA spanish". There you can:

- listen to the first thousand words in Spanish, read by a native Spanish speaker

- print out some Spanish picture puzzles for free

- find links to other useful Web sites about Spanish-speaking countries

Listening to the words

To hear the words in this book, you will need your Web browser
(e.g. Internet Explorer or Netscape Navigator) and a program that lets you play sound
(such as RealPlayer® or Windows® Media Player). These programs are free and, if you
don't already have one of them, you can download them from Usborne Quicklinks.
Your computer also needs a sound card but most
computers already have one of these.

Note for parents and guardians

Please ensure that your children read and follow the Internet safety
guidelines displayed on the Usborne Quicklinks Web site.

The links in Usborne Quicklinks are regularly reviewed and updated.
However, the content of a Web site may change at any time and Usborne Publishing
is not responsible for the content on any Web site other than its own. We recommend
that children are supervised while on the Internet, that they do not use
Internet Chat Rooms, and that you use Internet filtering software to block
unsuitable material. For more information, see the **Net Help**
area on the Usborne Quicklinks Web site.

On every double page with pictures,
there is a little yellow duck to look for.
Can you find it?

About this book

This is a great book for anyone starting to learn Spanish. You'll find it easy to learn new words by looking at the small, labeled pictures. Then you can practice the words by talking about the large central pictures. This book also has its own Usborne Quicklinks Web site where you can listen to all the Spanish words, print out Spanish picture puzzles, and follow links to some other fun and useful Web sites.

Masculine and feminine words

When you look at Spanish words for things such as "table" or "man", you will see that they have **el** or **la** in front of them. This is because all Spanish words for things and people are either masculine or feminine. **El** is the word for "the" in front of a masculine word and **la** is "the" in front of a feminine word. In front of the words that are plural (more than one, such as "tables" or "men"), the Spanish word for "the" is **los** for masculine words, and **las** for feminine words.

All the labels in this book show words for things with **el**, **la**, **los** or **las**. Always learn them with this little word.

Looking at Spanish words

In Spanish, the letters "a", "e", "i", "o" or "u" are sometimes written with a stress mark, a sign that goes above them. This sign changes the way you say the word. Spanish also has an extra letter, which is an "n" with a sign like a squiggle over the top. This **ñ** is said "nyuh" (like the "nio" in "onion").

Saying Spanish words

The best way to learn how to say Spanish words is to listen to a Spanish speaker and repeat what you hear. You can listen to all the words in this book on the Usborne Quicklinks Web site. For more information on how to do this, see the page on the left. At the back of this book, there is also a word list with an easy pronunciation guide for each Spanish word.

A computer is not essential

If you don't have access to the Internet, don't worry. This book is a complete and excellent Spanish word book on its own.

La casa

la bañera

la cama

el jabón

el grifo

el papel higiénico

el cepillo de dientes

el agua

el retrete

la esponja

el lavabo

la ducha

la toalla

El cuarto de baño

El cuarto de estar

la pasta dentífrica

la radio

el cojín

el disco compacto

la moqueta

el sofá

4

la silla

el edredón

el peine

la sábana

la alfombra

el armario

la almohada

El dormitorio

la cómoda

el espejo

el cepillo

la lámpara

El pasillo

los carteles

el colgador
de ropa

el teléfono

el radiador

el vídeo

el periódico

la mesa

las cartas

las escaleras

5

La cocina

el refrigerador

los vasos

el reloj

el taburete

las cucharillas

el interruptor

el detergente

la llave

la puerta

el aspirador

el fregadero

las cacerolas

los tenedores

el delantal

la tabla de planchar

la basura

el calentador
del agua

los
cuchillos

la
fregona

el trapo
del polvo

los azulejos

la
escoba

la lavadora

el recogedor

el cajón

los platillos

la sartén

la estufa

las
cucharas

los platos

la plancha

el armario

el trapo
de cocina

las tazas

las cerillas

el cepillo

los
cuencos

7

El jardín

la carretilla

la colmena

el caracol

los ladrillos

la paloma

la pala

la mariquita

el cubo
de basura

las semillas

el cobertizo

la regadera

el gusano

las flores

el irrigador

la azada

la avispa

la abeja

la paleta

el hueso

el seto

la horca

el cortacésped

el sendero

las hojas

el árbol

el humo

la oruga

el rastrillo

el nido

los palos

la hierba

el cochecito de niño

la escalera

la hoguera

la manguera

el invernadero

9

El taller

los tornillos

el torno de banco

el papel de lija

el taladro

la escalera

la sierra

el serrín

el calendario

la caja de
herramientas

el destornillador

el tablón

las virutas

la navaja

10

las tachuelas

la araña

los tornillos a tuerca

las tuercas

la telaraña

el barril

la mosca

el hacha

el metro

el martillo

la lima

el bote de pintura

el cepillo de carpintero

la madera

los clavos

la mesa de trabajo

los tarros

11

La calle

la tienda

el agujero

el café

la ambulancia

la acera

la antena de televisión

la chimenea

el tejado

la escavadora

el hotel

el autobús

el hombre

el carro de policía

las tuberías

la taladradora

el colegio

el patio

12

el taxi

 el paso de peatones

 la fábrica

 el camión

el semáforo

el cine

 la furgoneta

 la apisonadora

 el remolque

 la casa

 el mercado

 los escalones

 la moto

la bicicleta

el carro de bomberos

el policía

el carro

la mujer

la farola

 los apartamentos

La juguetería

el tren

los dados

el caramillo

el robot

los tambores

el collar

la cámara

las cuentas

las muñecas

la guitarra

el anillo

la casa
de muñecas

la armónica

el silbato

los cubos

el castillo

el submarino

la trompeta

las flechas

el arco

el paracaídas

el barco

las pinturas
para la cara

la
apisonadora

las máscaras

el carro
de carreras

el caballo
de balancín

la hucha

las canicas

los títeres

el piano

los astronautas

la grúa

la plastilina

la
escopeta

los soldados

la caja
de pinturas

el cohete

15

los columpios

el hoyo de arena

el picnic

la cometa

el helado

el perro

la puerta de la cerca

el sendero

El parque

el banco

la rana

el tobogán

los renacuajos

el lago

los patines

el arbusto

16

el bebé

 el monopatín

 la tierra

 la silleta

 el subibaja

 los niños

 el triciclo

 los pájaros

 la cerca

 el balón

 el velero

 la cuerda

 el charco

 los patitos

 la cuerda de saltar

 los árboles

 el jardín de flores

 los cisnes

la correa de perro

 los patos

17

El zoológico

el panda

el ala

el águila

el hipopótamo

el gorila

las patas

el canguro

el mono

el murciélago

el rabo

el lobo

el pingüino

el oso

el cocodrilo

las plumas

el pelícano

el avestruz

el delfín

el león

los cachorros de león

la jirafa

los cuernos

el ciervo

el camello

la foca

el oso polar

la tortuga

la trompa

el elefante

el rinoceronte

el bisonte

el castor

la cabra

la cebra

la serpiente

el tiburón

la ballena

el tigre

el leopardo

19

los raíles

la máquina

los topes

los vagones

el maquinista

el tren de mercancías

el andén

la revisora

la maleta

la máquina de boletos

El viaje

el helicóptero

La estación de ferrocarril

El garaje

las señales

la mochila

los faros

el motor

la rueda

la batería

el avión

la azafata

la pista de aterrizaje

la torre de control

El aeropuerto

el sobrecargo

el piloto

el lavado de coches

el baúl

la gasolina

el camión de las averías

lavado de coches

el camión de gasolina

la llave inglesa

el neumático

el capó

el aceite

el surtidor de gasolina

21

El campo

el molino
de viento

el globo

la mariposa

el lagarto

las piedras

el zorro

el arroyo

el poste
indicador

el erizo

la compuerta

la montaña

la ardilla

el bosque

el tejón

el río

el camino

22

las tiendas
de campaña

el canal

los troncos

el pueblo

la mariposa
nocturna

el puente

la barcaza

la cascada

el búho

el túnel

ios zorritos

el topo

el pescador

las rocas

el sapo

el tren

la caravana

la colina

23

el almiar

el perro pastor

los patos

los corderos

el estanque

los pollitos

el pajar

la pocilga

el toro

los patitos

el gallinero

el tractor

La granja

el gallo

las ocas

el camión

el granero

el lodo

la carretilla

24

el granjero

el campo

las gallinas

el ternero

la cerca

la silla
de montar

el establo

la vaca

el arado

la huerta

la cuadra

los cerditos

la pastora

los pavos

el espantapájaros

la granja

el heno

las ovejas

las
balas de paja

el caballo

los cerdos

el barco de vela

el mar

el remo

el faro

la pala

el cubo

la estrella
de mar

el castillo
de arena

la sombrilla

la bandera

el marinero

La playa

la concha de mar

el cangrejo

la gaviota

la isla

la lancha motora

el esquiadora
acuática

las olas

el sombrero
de paja

el acantilado

el barco

la canoa

la cuerda

las piedrecitas

las algas

la red

el remo

el barco de pesca

las aletas

el burro

el pez

el traje
de baño

el petrolero

la playa

el bote de remos

la tumbona

27

La escuela

las tijeras

las cuentas

la goma

la regla

las fotos

los marcadores

las chinchetas

las pinturas

el chico

el lápiz

la pizarra

el escritorio

los libros

el bolígrafo

el pegamento

la tiza

el dibujo

la papelera

la profesora

la caja

el mapa

el pincel

el techo

la pared

el suelo

el cuaderno

a b c ch d e f
g h i j k l ll m
n ñ o p q r rr s
t u v w x y z

el abecedario

la chapa

la pecera

el papel

la persiana

el picaporte

la planta

el globo terráqueo

la chica

los lápices
de colores

la lámpara

el caballete

29

el enfermero

el algodón

la medicina

el ascensor

la bata

las muletas

las píldoras

la bandeja

el reloj

el termómetro

la cortina

el osito de trapo

la manzana

el yeso

la venda

la silla
de ruedas

el rompecabezas

la médica

la
jeringuilla

El médico

las zapatillas

la computadora

el esparadrapo

la banana

las uvas

la cesta

los juguetes

la pera

las tarjetas

el pañal

el bastón

la sala de espera

la televisión   el camisón   el pijama   la naranja   los pañuelos de papel   el tebeo

La fiesta

el globo

el chocolate

el caramelo

la ventana

los fuegos
artificiales

la cinta

la torta

los regalos

la paja

la vela

la guirnalda de papel

los juguetes

la mandarina

el chorizo

la cinta

la salchicha

las patatas fritas

el disfraz

la cereza

el jugo

la frambuesa

la fresa

la bombilla

el bocadillo

la mantequilla

la galleta

el queso

el pan

el mantel

33

La tienda

el pomelo

la zanahoria

la coliflor

el puerro

el champiñon

el pepino

el limón

el apio

el albaricoque

el melón

la bolsa

QUESO

FRUTAS Y VERDURAS

la cebolla

la col

el melocotón

la lechuga

los guisantes

el tomate

34

los huevos

 la ciruela

 la harina

 el peso

 los tarros

 la carne

 la piña

 el yogur

la cesta

 las botellas

el bolso

 el monedero

 el dinero

 las latas

 el carrito

 las patatas

 las espinacas

las habichuelas

 la caja

 la calabaza

 el carrito

35

Los alimentos

la comida

el desayuno

el huevo pasado por agua

las tostadas

la mermelada

el café

el huevo frito

la nata

la leche

el cereal

el chocolate caliente

el azúcar

la miel

la sal

la pimienta

el té

los panqueques

los panecillos

la cena

el jamón

la sopa

el omelete

los palillos

la ensalada

la hamburguesa

el pollo

el arroz

la salsa

los espaguetis

el puré de patatas

la pizza

las patatas fritas

los postres

37

Yo

la cabeza

el pelo

la cara

el brazo

el codo

el estómago

los dedos del pie

el pie

la pierna

la rodilla

la ceja

el ojo

la nariz

la mejilla

la boca

los labios

los dientes

la lengua

la barbilla

las orejas

el cuello

los hombros

el pecho

la espalda

el trasero

la mano

el pulgar

los dedos

La ropa

los calcetines   los calzoncillos   la camiseta   los pantalones   los jeans   la camiseta

la falda   la camisa   la corbata   los pantalones cortos   las medias   el vestido

el suéter   el jersey   la rebeca   la bufanda   el pañuelo

los tenis   los zapatos   las sandalias   las botas   los guantes

el cinturón   la hebilla   la cremallera   el cordón del zapato   los botones   los ojales

los bolsillos   el abrigo   la chaqueta   la gorra   el sombrero

La gente

el actor

la actriz

el cocinero

el bailarín

la bailarina

el cantante

la cantante

el astronauta

el carnicero

el policía

la policía

el carpintero

el bombero

la artista

el juez

el mecánico

la mecánica

el peluquero

la conductora
de camión

el conductor
de autobús

el camarero   la camarera

el cartero

la dentista

el submarinista

el pintor

la
panadera

La familia

el hijo
el hermano

la hija
la hermana

la madre   el padre
la esposa   el esposo

la tía   el tío

el primo

el abuelo

la abuela

Haciendo cosas

sonreír

reírse

llorar

pensar

escuchar

agarrar

lanzar

romper

pintar

escribir

cortar

cortar

comer

hablar

cavar

llevar

beber

hacer

saltar

andar a gatas

bailar

lavarse

hacer punto

42

jugar

mirar

trepar

tomar

saltar

pelear

dormir

coser

esperar

cocinar

esconderse

leer

comprar

empujar

cantar

soplar

tirar

barrer

recoger

caerse

andar

correr

estar sentados

43

Palabras opuestas

lejos

cerca

bueno

malo

arriba

abajo

frío

caliente

mojado

seco

encima

sucio

limpio

debajo

gordo

delgado

abierto

cerrado

pequeño

grande

pocos

muchos

primero

último

a la izquierda

fuera

dentro

fácil

difícil

vacío

lleno

blando

duro

la parte delantera

alto

lento

rápido

la parte trasera

bajo

largo

corto

muerto

vivo

oscuro

claro

viejo

arriba

a la derecha

nuevo

abajo

45

Los días

lunes
martes
miércoles
jueves
viernes
sábado
domingo

el calendario

la mañana

el sol

la tarde

la noche

el espacio

la luna

la estrella

el planeta
la nave espacial

el telescopio

Días especiales

el cumpleaños

la tarjeta
de cumpleaños

las vacaciones

la vela

el regalo

la torta de cumpleaños

el día de la boda

la cámara

la dama de honor

la novia   el novio

el fotógrafo

el día de Navidad

el reno

el trineo

Papá Noel

el árbol
de Navidad

47

El tiempo

el paraguas

la lluvia

el relámpago

la niebla

el sol

las nubes

el cielo

la nieve

el rocío

el viento

la neblina

la helada

el arco iris

Las estaciones

la primavera

el verano

el otoño

el invierno

Animales domésticos

el hámster

el conejillo de Indias

la veterinaria

la casa del perro

el cachorro

el perro

el periquito

la comida

el loro

el pico

el conejo

el canario

la jaula

el gato   la cesta

el gatito

el ratón

la leche

los peces de colores

49

Los deportes

el basquetbol

el piragüismo

el snowboarding

la vela

el windsurfing

la raqueta

el cricket

el kárate

el tenis

el fútbol americano

la gimnasia

el bate

la pelota

el baile

el béisbol

la caña de pescar

la pesca

el anzuelo

el rugby

el salto de trampolín

la piscina

la natación

la carrera

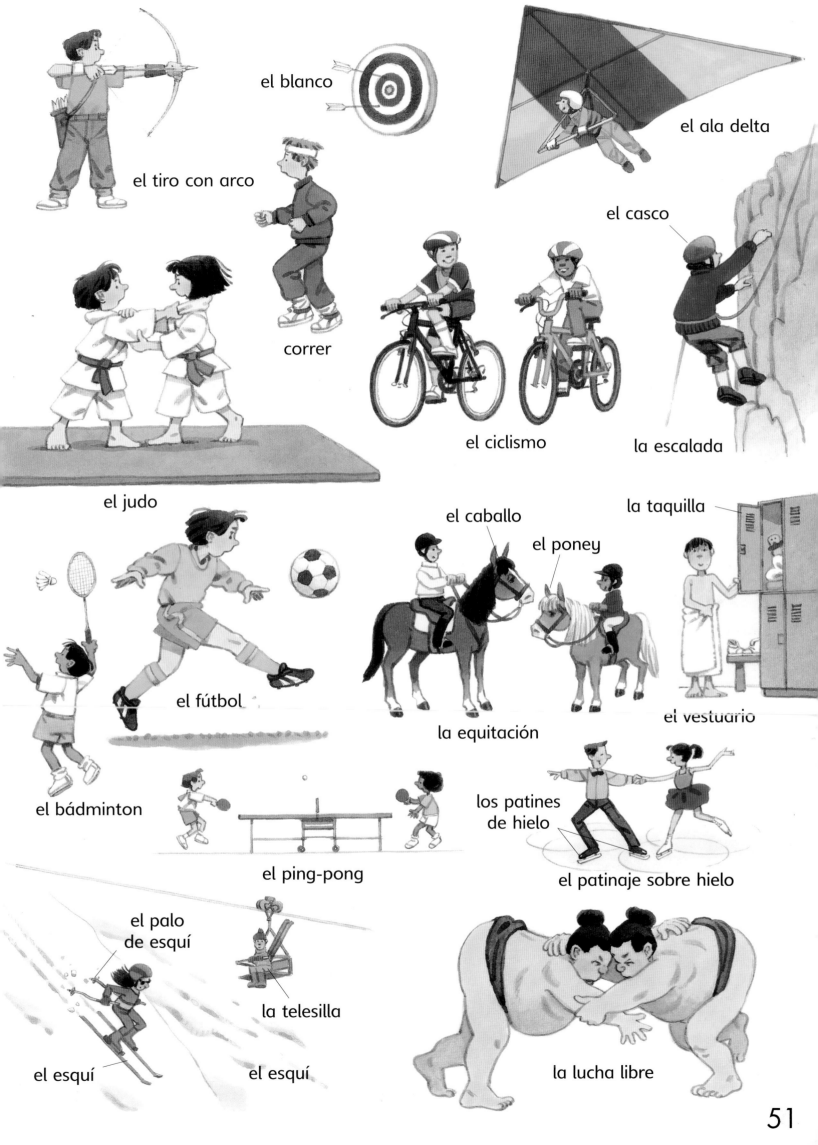

el blanco

el ala delta

el tiro con arco

el casco

correr

el ciclismo

la escalada

el judo

el caballo

el poney

la taquilla

el bádminton

el fútbol

la equitación

el vestuario

el ping-pong

los patines de hielo

el patinaje sobre hielo

el palo de esquí

la telesilla

el esquí

el esquí

la lucha libre

51

Los colores

anaranjado

verde

negro

gris

rojo

marrón

color rosa

blanco

azul

morado

amarillo

Las formas

el rombo

el cono

el rectángulo

el círculo

la estrella

el cubo

el óvalo

el triángulo

el cuadrado

la media luna

Los números

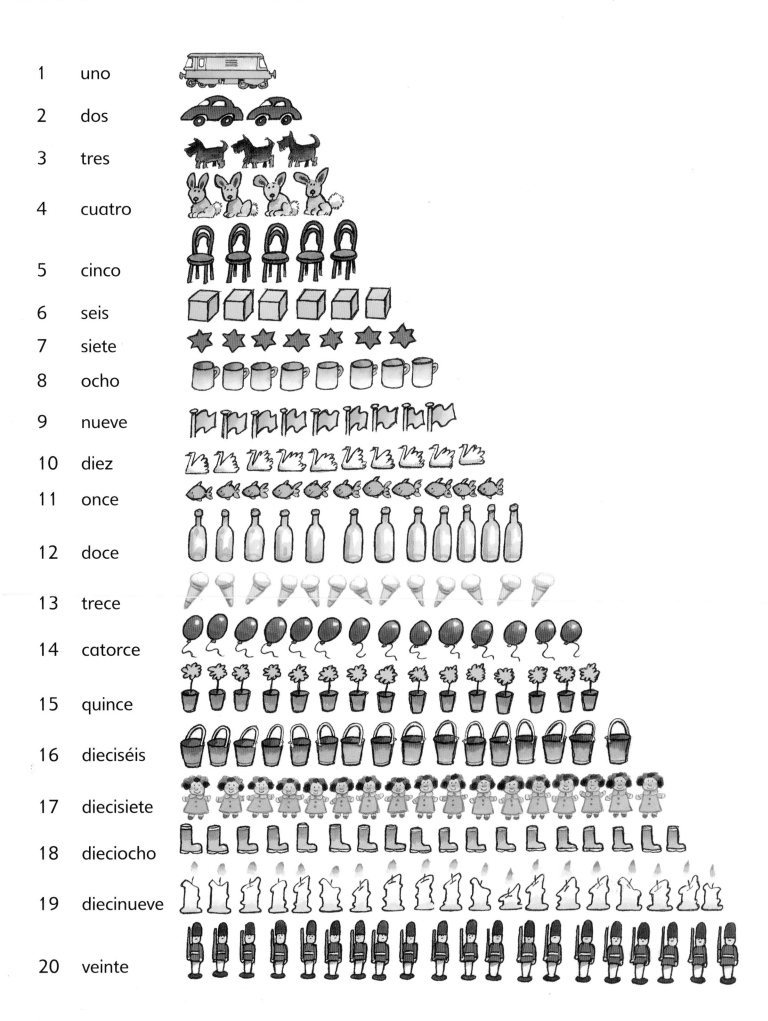

1	uno	
2	dos	
3	tres	
4	cuatro	
5	cinco	
6	seis	
7	siete	
8	ocho	
9	nueve	
10	diez	
11	once	
12	doce	
13	trece	
14	catorce	
15	quince	
16	dieciséis	
17	diecisiete	
18	dieciocho	
19	diecinueve	
20	veinte	

La feria

la noria

el tiovivo

la colchoneta

el tobogán

los aros

el tren fantasma

las palomitas de maíz

la montaña rusa

la barraca de tiro al blanco

los autos de choque

el algodón de azúcar

El circo

el volatinero

la vara

el trapecio

la cuerda de volatinero

la escalera de cuerda

el equilibrista

la red de seguridad

el conejo

el director de circo

los acróbatas

el perro

el malabarista

el aro

el sombrero de copa

la corbata de lazo

la banda

la caballista

el payaso

55

Word list

In this list, you can find all the Spanish words in this book. They are in alphabetical order. Next to each one, you can see its pronunciation (how to say it) in letters *like this*, and then its English translation.

Remember that Spanish nouns (words for things) are either masculine or feminine (see page 3). In the list, each one has **el**, **la**, **los** or **las** in front of it. These all mean "the". **El** and **los** are used in front of masculine nouns and **la** and **las** are used in front of feminine ones. **Los** and **las** are used in front of a plural noun (a noun is plural if you are talking about more than one, for example "cats").

About Spanish pronunciation

Read the pronunciation as if it were an English word, but try to remember the following rules about how Spanish words are said:

● most Spanish words have a part that you stress, or say louder (like the "day" part of the English word "today"). So you know which part of each word you should stress, it is shown in capital letters

● the Spanish **r** is made by a flap of the tip of your tongue on the top of your mouth; at the beginning of the word, it is rolled like **rr** (see below)

● the Spanish **rr** is a rolled "rrrrr" sound; it is shown as "*rr*" in the pronunciations

● a few Spanish letters are said differently depending on what part of the world you are in. When you see "*th*" in the pronunciations, it is said like "th" in "thin" in most of Spain, but in southern Spain and in South America, it is said like the "s" is "say"

● when you see "*g*" in a pronunciation, say it like the "g" in "garden"

A

abajo	*aBAho*	bottom (not top)
el abecedario	*el abetheDARee-o*	alphabet
la abeja	*la aBEha*	bee
abierto	*abee-AIRto*	open
el abrigo	*el aBREEgo*	coat
la abuela	*la aBWEla*	grandmother
el abuelo	*el aBWElo*	grandfather
el acantilado	*el akanteeLAdo*	cliff
el aceite	*el aTHAYtay*	oil
la acera	*la aTHAIRa*	sidewalk
el actor	*el akTOR*	actor
la actriz	*la akTREETH*	actress
el aeropuerto	*el a-airoPWAIRto*	airport
agarrar	*agaRRAR*	to catch
el agua	*el Agwa*	water
el águila	*el Ageela*	eagle
el agujero	*el agooHAIRo*	hole
el ala	*el Ala*	wing
el ala delta	*el Ala DELta*	hang-gliding
el albaricoque	*el albareeKOKay*	apricot
las aletas	*lass aLETass*	flippers
las algas	*lass ALgass*	seaweed
el algodón	*el algoDON*	cotton
el algodón de azúcar	*el algoDON day aTHOOkar*	cotton candy
los alimentos	*loss aleeMENtoss*	food
el almiar	*el almee-AR*	haystack
la almohada	*la almo-Ada*	pillow
alto	*ALto*	high, tall
amarillo	*amaREELyo*	yellow
la ambulancia	*la ambooLANthee-a*	ambulance
anaranjado	*anaranHAdo*	orange (color)
andar	*anDAR*	to walk
andar a gatas	*anDAR a GAtass*	to crawl
el andén	*el anDEN*	platform
el anillo	*el aNEELyo*	ring
los animales favoritos	*loss aneeMAless faboREEtoss*	pets
la antena de televisión	*la anTENa day telebeessee-ON*	TV antenna
el anzuelo	*el anTHWElo*	bait

los apartamentos	*los apartaMENtos*	apartments
el apio	*el Apee-o*	celery
la apisonadora	*la apeessonaDORa*	steamroller
el arado	*el aRAdo*	plow
la araña	*la aRANya*	spider
el árbol	*el ARbol*	tree
el árbol de Navidad	*el ARbol day nabeeDAD*	Christmas tree
los árboles	*loss ARboless*	trees
el arbusto	*el arBOOSSto*	bush
el arco	*el ARko*	bow
el arco iris	*el ARko eeREESS*	rainbow
la ardilla	*la arDEELya*	squirrel
el armario	*el arMARee-o*	cupboard, wardrobe
la armónica	*la arMONeeka*	harmonica
el aro	*el Aro*	hoop
los aros	*loss Aross*	ring toss
arriba	*aRREEba*	top, upstairs
el arroyo	*el aRROYo*	stream
el arroz	*el aRROTH*	rice
el/la artista	*el/la arTEESSta*	artist (man/woman)
el ascensor	*el assthenSSOR*	elevator
el aspirador	*el asspeeraDOR*	vacuum cleaner
el/la astronauta	*el/la asstronA-OOta*	astronaut (man/woman)
los/las astronautas	*loss/lass asstronA-OOtass*	spacemen/women
el autobús	*el a-ootoBOOSS*	bus
los autos de choque	*loss A-OOtoss day CHOkay*	bumper cars
el avestruz	*el abessTROOTH*	ostrich
el avión	*el abee-ON*	plane
la avispa	*la aBEESSpa*	wasp
la azada	*la aTHAda*	hoe
la azafata	*la athaFAta*	flight attendant
el azúcar	*el aTHOOkar*	sugar
azul	*aTHOOL*	blue
los azulejos	*loss athooLEhoss*	tiles

B

bailar	*buyLAR*	to dance

el bailarín	el buylaREEN	dancer (man)
la bailarina	la buylaREEna	dancer (woman)
el baile	el BUYlay	dance
bajo	BAho	low
las balas de paja	lass BAlass day PAha	straw bales
la ballena	la balYENa	whale
el balón	el baLON	ball
el basquetbol	el BASketbol	basketball
la banana	la baNANa	banana
el banco	el BANko	bench
la banda	la BANda	band
la bandeja	la banDEha	tray
la bandera	la banDAIRa	flag
la bañera	la banYAIRa	bathtub
la barbilla	la barBEELya	chin
la barcaza	la barKATHa	barge
el barco	el BARko	boat, ship
el barco de pesca	el BARko day PESSka	fishing boat
el barco de vela	el BARko day BEla	sailboat
la barraca de tiro al blanco	la baRRAka day TEEro al BLANko	rifle range
barrer	baRRAIR	to sweep
el barril	el baRREEL	barrel
el basquetbol	el BASketbol	basketball
el bastón	el baSSTON	walking stick
la basura	la baSSOORa	garbage
la bata	la BAta	bathrobe
el bate	el BAtay	bat
la batería	la bateREE-a	battery
el baúl	el baOOL	trunk (car)
el bebé	el beBAY	baby
beber	beBAIR	to drink
el béisbol	el BAYSSbol	baseball
la bicicleta	la beetheeKLEta	bicycle
el bisonte	el beeSSONtay	bison
blanco	BLANko	white
el blanco	el BLANko	target
blando	BLANdo	soft
la boca	la BOka	mouth
el bocadillo	el bokaDEELyo	sandwich
el bolígrafo	el boLEEgrafo	pen
la bolsa	la BOLssa	bag
los bolsillos	loss bolSSEELyoss	pockets
el bolso	el BOLsso	purse
la bombera	la bomBAIRa	firewoman
el bombero	el bomBAIRo	fireman
la bombilla	la bomBEELya	light bulb
el bosque	el BOSSkay	forest
las botas	lass BOtass	boots
el bote de pintura	el BOtay day peenTOOra	paint box
el bote de remos	el BOtay day REmoss	rowboat
las botellas	lass boTELyass	bottles
los botones	loss boTOness	buttons
la bufanda	la booFANda	scarf
el búho	el BOO-o	owl
el burro	el BOOrro	donkey
el brazo	el BRAtho	arm
bueno	BWEno	good
el búho	el BOO-o	owl
el burro	el BOOrro	donkey

C

el caballete	el kabalYEte	easel
el/la caballista	el/la kabalYEESta	bareback rider (man/woman)
el caballo	el kaBALyo	horse

el caballo de balancín	el kaBALyo day balanTHEEN	rocking horse
la cabeza	la kaBETHa	head
la cabra	la KAbra	goat
las cacerolas	lass kathaiROLass	saucepans
el cachorro	el kaCHOrro	puppy
los cachorros de león	loss kaCHOrros day layON	lion cubs
caerse	ka-AIRsse	to fall
el café	el kaFAY	café, coffee
la caja	la KAha	cashier
la caja de herramientas	la KAha day erramee-ENtass	tool box
el cajón	el kaHON	drawer
la calabaza	la kalaBAtha	pumpkin
los calcetines	loss kaltheTEEness	socks
el calendario	el kalenDARee-o	calendar
el calentador del agua	el kalentaDOR del Agwa	kettle
caliente	kalee-ENtay	hot
la calle	la KALyay	street
los calzoncillos	loss kalthon-THEELyoss	underwear
la cama	la KAma	bed
la cámara	la KAmara	camera
la camarera	la kamaRAIRa	waitress
el camarero	el kamaRAIRo	waiter
el camello	el kaMELyo	camel
el camino	el kaMEEno	road
el camión	el kamee-ON	truck
el camión de gasolina	el kamee-ON day gassoLEEna	oil tanker (truck)
el camión de las averías	el kamee-ON day lass abeREE-ass	tow truck
la camisa	la kaMEESSa	shirt
la camiseta	la kameeSSETa	undershirt
el camisón	el kameeSSON	nightgown
el campo	el KAMpo	countryside, field
la caña de pescar	la KANya day pessKAR	fishing rod
el canal	el kaNAL	canal
el canario	el kaNARee-o	canary
el cangrejo	el kanGREho	crab
el canguro	el kanGOORo	kangaroo
las canicas	lass kaNEEkass	marbles
la canoa	la kaNO-a	canoe
cantar	kanTAR	to sing
el/la cantante	el/la kanTANtay	singer (man/woman)
el capó	el kaPO	(car) hood
la cara	la KAra	face
el caracol	el karaKOL	snail
el caramelo	el karaMElo	candy
el caramillo	el KaraMEElyo	recorder
la caravana	la karaVANa	camper
la carne	la KARnay	meat
la carnicera	la karneeTHAIRa	butcher (woman)
el carnicero	el karneeTHAIRo	butcher (man)
la carpintera	la karpeenTAIRa	carpenter (woman)
el carpintero	el karpeenTAIRo	carpenter (man)
la carrera	la kaRRAIRa	race
la carretilla	la karreTEELya	wheelbarrow
el carro	el KArro	car
el carro de bomberos	el KArro day bomBAIRoss	fire engine
el carro de carreras	el KArro day kaRRAIRass	racing car
el carro de policía	el KArro day poleeTHEE-a	police car
las cartas	lass KARtass	letters

Spanish	Pronunciation	English
los carteles	loss karTELess	posters
el/la cartero	el karTAIRo	mail carrier
la casa	la KAssa	house
la casa de muñecas	la KAssa day moonYEKass	doll's house
la casa del perro	la KAssa del PErro	kennel
la cascada	la kassKAda	waterfall
el casco	el KASSko	helmet
el castillo	el kasTEELyo	castle
el castillo de arena	el kasTEELyo day aRENa	sandcastle
el castor	el kasTOR	beaver
catorce	kaTORthay	fourteen
cavar	kaBAR	to dig
la cebolla	la theBOLya	onion
la ceja	la THEha	eyebrow
la cena	la THEna	supper, dinner (evening meal)
el cepillo	el thePEELyo	brush
el cepillo de carpintero	el thePEELyo day karpeenTAIRo	(wood) plane
el cepillo de dientes	el thePEELyo day dee-ENtess	toothbrush
cerca	THAIRka	near
la cerca	la THAIRka	fence
los cerditos	loss thairDEEtoss	piglets
los cerdos	loss THAIRdoss	pigs
el cereal	el therayAl	cereal
la cereza	la theREtha	cherry
las cerillas	lass theREELyas	matches
cerrado	theRRAdo	closed
la cesta	la THESSta	basket
el champiñon	el champeenYON	mushroom
la chapa	la CHApa	badge
la chaqueta	la chaKAYta	jacket
el charco	el CHARko	puddle
la chica	la CHEEka	girl
el chico	el CHEEko	boy
la chimenea	la cheemeNAYa	chimney
las chinchetas	lass cheenCHEtass	thumb tacks
el chocolate	el chokoLAtay	chocolate
el chocolate caliente	el chokoLAtay kalee-ENtay	hot chocolate
el chorizo	el choREEtho	salami
el ciclismo	el theeKLEEZmo	cycling
el cielo	el thee-ELo	sky
el ciervo	el thee-AIRbo	deer
cinco	THEENko	five
el cine	el THEEnay	cinema
la cinta	la THEENta	ribbon
el cinturón	el theentooRON	belt
el circo	el THEERko	circus
el círculo	el THEERkoolo	circle
la ciruela	la theerWEla	plum
los cisnes	loss THEESSness	swans
claro	KLAro	light (not dark)
los clavos	loss KLAboss	nails
el cobertizo	el kobairTEEtho	shed
el cochecito de niño	el kocheTHEEto day NEENyo	baby buggy
cocinar	kotheeNAR	to cook
la cocinera	la kotheeNAIRa	cook (woman)
el cocinero	el kotheeNAIRo	cook (man)
el cocodrilo	el kokoDREElo	crocodile
el codo	el KOdo	elbow
el cohete	el ko-Etay	rocket
el cojín	el koHEEN	cushion
la col	la kol	cabbage
la colchoneta	la kolchoNETa	mat
el colgador de ropa	el kolgaDOR day ROpa	clothes peg
la coliflor	la koleeFLOR	cauliflower
la colina	la koLEEna	hill
el collar	el kolYAR	necklace
la colmena	la kolMENa	beehive
color rosa	koLOR ROssa	pink
los colores	loss koLORess	colors
los columpios	loss koLOOMpee-oss	swings
comer	koMAIR	to eat
la cometa	la koMETa	kite
la comida	la koMEEda	lunch (lunchtime meal)
la cómoda	la KOmoda	chest of drawers
comprar	komPRAR	to buy
la compuerta	la komPWAIRta	lock (on a canal)
la computadora	la kompootaDORA	computer
la concha de mar	la KONcha day MAR	seashell
el conductor de camión	el kondookTOR day kamee-ON	truck driver (man)
la conductora de camión	la kondookTORa day kamee-ON	truck driver (woman)
el conductor de autobús	el kondookTOR day a-ootoBOOSS	bus driver (man)
la conductora de autobús	la kondookTORa day a-ootoBOOSS	bus driver (woman)
el conejillo de Indias	el koneHEELyo day EENdeeyass	guinea pig
el conejo	el koNEho	rabbit
el cono	el KOno	cone
la corbata	la korBAta	tie
la corbata de lazo	la korBAta day laTHO	bow tie
los corderos	loss korDAIRos	lambs
el cordón del zapato	el korDON del thaPAto	shoelace
la correa de perro	la koRRAYa day PErro	dog lead
correr	koRRAIR	to run
el cortacésped	el KORtaTHESSped	lawn mower
cortar	korTAR	to cut
la cortina	la korTEEna	curtain
corto	KORto	short
coser	koSSAIR	to sew
la cremallera	la kremalYAIRa	zipper
el cricket	el KREEket	cricket (sport)
el cuaderno	el kwaDAIRno	notebook
la cuadra	la KWAdra	stable
el cuadrado	el kwaDRAdo	square
cuatro	KWAtro	four
el cuarto de baño	el KWARto day BANyo	bathroom
el cuarto de estar	el KWARto de essTAR	living room
el cubo	el KOObo	bucket, cube
el cubo de basura	el KOObo day baSSOOra	trash can
los cubos	loss KEWbos	(toy) blocks
las cucharas	lass kooCHArass	spoons
las cucharillas	lass koochaREELyass	teaspoons
los cuchillos	loss kooCHEELyoss	knives
el cuello	el KWELyo	neck
las cuentas	lass KWENtass	beads, problems
la cuerda	la KWAIRda	rope
la cuerda de saltar	la KWAIRda day salTAR	jump rope
la cuerda de volatinero	la KWAIRda day bolateeNAIRo	tightrope
los cuernos	loss KWAIRnoss	horns
el cumpleaños	el koomplayANyoss	birthday
la curita	la kewREEtah	band-aid

D

| los dados | loss DAdoss | dice |
| la dama de honor | la DAma day oNOR | bridesmaid |

debajo	*deBAho*	under
los dedos	*loss DEdoss*	fingers
los dedos del pie	*loss DEdoss del pee-AY*	toes
el delantal	*el delanTAL*	apron
el delfín	*el delFEEN*	dolphin
delgado	*delGAdo*	thin
el/la dentista	*el/la denTEESSta*	dentist (man/woman)
dentro	*DENtro*	in
los deportes	*loss dePORtess*	sports
a la derecha	*a la deREcha*	(on/to the) right
el desayuno	*el dessa-YOOno*	breakfast
el destornillador	*el desstorneelyaDOR*	screwdriver
el detergente	*el detairHENtay*	laundry detergent
el día de la boda	*el DEEa day la BOda*	wedding day
el día de Navidad	*el DEEa de nabeeDAD*	Christmas Day
los días	*loss DEEass*	days
días especiales	*DEEass esspethee-Aless*	special days
el dibujo	*el deeBOOho*	drawing
diecinueve	*dee-etheeNWEbay*	nineteen
dieciocho	*dee-ethee-Ocho*	eighteen
dieciséis	*dee-etheeSAYSS*	sixteen
diecisiete	*dee-etheesee-Etay*	seventeen
los dientes	*loss dee-ENtes*	teeth
diez	*dee-ETH*	ten
difícil	*deeFEEtheel*	difficult
el dinero	*el deeNAIRo*	money
el director de circo	*el deerekTOR day THEERko*	ring master
el disco compacto	*el DEESko komPAKto*	CD (compact disc)
el disfraz	*el deesFRATH*	costume
doce	*DOthay*	twelve
domingo	*doMEENgo*	Sunday
dormir	*dorMEER*	to sleep
el dormitorio	*el dormeeTORee-o*	bedroom
dos	*doss*	two
la ducha	*la DOOcha*	shower
duro	*DOOro*	hard

E

el edredón	*el edreDON*	comforter
el elefante	*el eleFANtay*	elephant
empujar	*empooHAR*	to push
encima	*enTHEEma*	over
la enfermera	*la enfairMAIRa*	nurse (woman)
el enfermero	*el enfairMAIRo*	nurse (man)
la ensalada	*la enssaLAda*	salad
el/la equilibrista	*el/la ekeelee BREESSta*	unicyclist (man/woman)
la equitación	*la ekeetathee-ON*	riding
el erizo	*el eREEtho*	hedgehog
la escalada	*la esskaLAda*	climbing
la escalera	*la esskaLAIRa*	ladder
la escalera de cuerda	*la esskaLAIRa day KWAIRda*	rope ladder
las escaleras	*lass esskaLAIRass*	stairs
los escalones	*loss esskaLONess*	steps
la escavadora	*la esskabaDORa*	steam shovel
la escoba	*la essKOba*	broom
esconderse	*esskonDAIRssay*	to hide
la escopeta	*la esskoPETa*	gun
escribir	*esskreeBEER*	to write
escuchar	*esskooCHAR*	to listen
la escuela	*la essKWELa*	school
el espacio	*el essPAthee-o*	space
los espaguetis	*loss esspaGETeess*	spaghetti
la espalda	*la essPALda*	back (of body)
el espantapájaros	*el esspantaPAhaross*	scarecrow

el espejo	*el essPEho*	mirror
esperar	*esspeRAR*	to wait
las espinacas	*lass esspeeNAkass*	spinach
la esponja	*la essPONha*	sponge
la esposa	*la essPOssa*	wife
el esposo	*el essPOsso*	husband
el esquí	*el essKEE*	ski
el esquíadora acuático	*el esKEEadora aKWAteeko*	water skiing
el establo	*el essTAblo*	cowshed
la estación de ferrocarril	*la estasthee-ON day ferrokaRREEL*	railway station
las estaciones	*lass esstathee-ONess*	seasons
la estufa	*la eSTUfa*	kitchen, stove
el estanque	*el essTANkay*	pond
el estómago	*el essTOMago*	tummy
la estrella	*la essTRELya*	star
la estrella de mar	*la essTRELya day MAR*	starfish

F

la fábrica	*la FAbreeka*	factory
fácil	*FAtheel*	easy
la falda	*la FALda*	skirt
la familia	*la faMEELya*	family
el faro	*el FAro*	lighthouse
la farola	*la faROLa*	lamp post
la feria	*la FEree-a*	fair, fairground
la fiesta	*la fee-ESSta*	party
las flechas	*lass FLEchass*	arrows
las flores	*lass FLOress*	flowers
la foca	*la FOka*	seal
las formas	*lass FORmass*	shapes
la fotógrafa	*la foTOgrafa*	photographer (woman)
el fotógrafo	*el foTOgrafo*	photographer (man)
las fotos	*lass FOtoss*	photographs
la frambuesa	*la framBWEssa*	raspberry
el fregadero	*el fregaDAIRo*	sink
la fregona	*la freGONa*	mop
la fresa	*la FREssa*	strawberry
frío	*FREE-o*	cold
las frutas	*lass FROOtass*	fruit
las frutas y verduras	*lass FROOtass ee bairDOOrass*	fruit and vegetables
los fuegos artificiales	*loss FWEgoss arteefeethee-Aless*	fireworks
fuera	*FWAIRa*	out
la furgoneta	*la foorgoNETa*	van
el fútbol americano	*el FOOTbol amereeKAno*	football
el fútbol	*el FOOTbol*	soccer

G

la galleta	*la galYETa*	cookie
las gallinas	*lass galYEENass*	hens
el gallinero	*el galyeeNAIRo*	henhouse
el gallo	*el GALyo*	rooster
el garaje	*el gaRAhay*	garage
la gasolina	*la gasoLEEna*	gasoline
el gatito	*el gaTEEto*	kitten
el gato	*el GAto*	cat
la gaviota	*la gabee-Ota*	seagull
la gente	*la HENtay*	people
la gimnasia	*la heemNASSee-a*	gym (gymnastics)
el globo	*el GLObo*	balloon
el globo terráqueo	*el GLObo teRRAkay-o*	globe
la goma	*la GOma*	eraser

gordo	*GORdo*	fat
el gorila	*el goREEla*	gorilla
la gorra	*la GORRa*	cap
grande	*GRANday*	big
el granero	*el graNAIRo*	barn
la granja	*la GRANha*	farm
la granjera	*la granHAIRa*	farmer (woman)
el granjero	*el granHAIRo*	farmer (man)
el grifo	*el GREEfo*	faucet
gris	*GREESS*	grey
la grúa	*la GROO-a*	crane
los guantes	*loss GWANtess*	gloves
la guirnalda de papel	*la geerNALda day paPEL*	paper chain
los guisantes	*loss geeSSANtess*	peas
la guitarra	*la geeTARRa*	guitar
el gusano	*el gooSSAno*	worm

H

las habichuelas	*lass abeeCHWElass*	beans
hablar	*aBLAR*	to talk
hacer	*aTHAIR*	to make, to do
hacer punto	*aTHAIR POONto*	to knit
el hacha	*el Acha*	axe
haciendo cosas	*athee-ENdo KOssass*	doing things
la hamburguesa	*la amboorGESSa*	hamburger
el hámster	*el HAMstair*	hamster
la harina	*la aREEna*	flour
la hebilla	*la eBEELya*	buckle
la helada	*la eLAda*	frost
el helado	*el eLAdo*	ice cream
el helicóptero	*el eleeKOPtairo*	helicopter
el heno	*el Eno*	hay
la hermana	*la airMANa*	sister
el hermano	*el airMANo*	brother
la hierba	*la ee-AIRba*	grass
la hija	*la EEha*	daughter
el hijo	*el EEho*	son
el hipopótamo	*el eepoPOTamo*	hippopotamus
la hoguera	*la oGAIRa*	bonfire
las hojas	*lass Ohass*	leaves
el hombre	*el OMbray*	man
los hombros	*loss OMbross*	shoulders
la horca	*la ORka*	fork
el hospital	*el osspeeTAL*	hospital
el hotel	*el Otel*	hotel
el hoyo de arena	*el Oyo day aRENa*	sandbox
la hucha	*la OOcha*	money box
la huerta	*la WAIRta*	orchard
el hueso	*el WEsso*	bone
el huevo frito	*el WEbo FREEto*	fried egg
el huevo pasado por agua	*el WEbo paSSAdo por Agwa*	boiled egg
los huevos	*loss WEboss*	eggs
el humo	*el OOmo*	smoke

I

el interruptor	*el eentairoopTOR*	switch
el invernadero	*el eenbairnaDAIRo*	greenhouse
el invierno	*el eenbee-AIRno*	winter
el irrigador	*el eerreegaDOR*	sprinkler
la isla	*la EEssla*	island
a la izquierda	*a la eethkee-AIRda*	(on/to the) left

J

el jabón	*el haBON*	soap
el jamón	*el haMON*	ham
el jardín	*el harDEEN*	yard
el jardín de flores	*el harDEEN day FLORess*	flower bed
la jaula	*la HOWla*	cage
los jeans	*loss JEENS*	cowboys
la jeringilla	*la hereenGEELya*	syringe
la jirafa	*la heeRAfa*	giraffe
el judo	*el JOOdo*	judo
jueves	*HWEbess*	Thursday
el/la juez	*el/la HWETH*	judge (man/woman)
jugar	*hooGAR*	to play
el jugo	*el HOOgo*	juice
los juguetes	*loss hooGETess*	toys
la juguetería	*la hoogetairEE-a*	toy shop

K

el kárate	*el KAratay*	karate

L

los labios	*loss LAbee-oss*	lips
la lagartija	*la lagarTEEha*	lizard
la lámpara	*la LAMpara*	lamp
la lancha motora	*la LANcha moTORa*	speedboat
lanzar	*lanTHAR*	to throw
los lápices de colores	*loss LApeethess day koLORess*	crayons
el lápiz	*el LApeeth*	pencil
el lago	*el LAgo*	lake
largo	*LARgo*	long
las latas	*lass LAtass*	cans
el lavabo	*el LAbabo*	sink
el lavado de coches	*el LAbado day KOchess*	car wash
la lavadora	*la labaDORa*	washing machine
lavarse	*laBARssay*	to wash
la leche	*la LEchay*	milk
la lechuga	*la leCHOOga*	lettuce
leer	*layAIR*	to read
lejos	*LEhoss*	far
la lengua	*la LENgwa*	tongue
lento	*LENto*	slow
el león	*el layON*	lion
el leopardo	*el layoPARdo*	leopard
los libros	*loss LEEbross*	books
la lima	*la LEEma*	file
el limón	*el leeMON*	lemon
limpio	*LEEMpee-o*	clean
la llave inglesa	*la LYAbay eenGLESSa*	wrench
la llave	*la LYAbay*	key
lleno	*LYENo*	full
llevar	*lyeBAR*	to carry
llorar	*lyoRAR*	to cry
la lluvia	*la LYOObee-a*	rain
el lobo	*el LObo*	wolf
el lodo	*el LOdo*	mud
el loro	*el LOro*	parrot
las luces delanteras	*lass LOOthess delanTAIRass*	headlights
la lucha libre	*la LOOcha leeBRAY*	wrestling
la luna	*la LOOna*	moon
lunes	*LOOness*	Monday

M

Spanish	Pronunciation	English
la madera	la maDAIRa	wood
la madre	la MAdray	mother
el/la malabarista	el/la malabaREESSta	juggler (man/woman)
la maleta	la maLETa	suitcase
malo	MAlo	bad
la mañana	la maNYAna	morning
la mandarina	la mandaREEna	tangerine
la manguera	la manGAIRa	hose
la mano	la MAno	hand
el mantel	el manTEL	tablecloth
la mantequilla	la manteKEELya	butter
la manzana	la manTHAna	apple
el mapa	el MApa	map
la máquina	la MAkeena	engine
la máquina de boletos	la MAkeena day boLEtoss	ticket machine
el/la maquinista	el/la makeeNEESSta	train engineer (man/woman)
el mar	el MAR	sea
los marcadores	los markaDORes	felt-tip pens
el marinero	el mareeNAIRo	sailor
la mariposa	la mareePOSSa	butterfly
la mariposa nocturna	la mareePOSSa nokTOORna	moth
la mariquita	la mareeKEEta	ladybug
marrón	maRRON	brown
martes	MARtess	Tuesday
el martillo	el marTEELyo	hammer
las máscaras	lass MASSkarass	masks
la mecánica	la meKAneeka	mechanic (woman)
el mecánico	el meKAneeko	mechanic (man)
la media luna	la MEdee-a LOOna	crescent
las medias	lass MEdee-ass	tights
la médica	la MEdeeka	doctor (woman)
la medicina	la medeeTHEEna	medicine
el médico	el MEdeeko	doctor (man)
la mejilla	la meHEELya	cheek
el melocotón	el melokoTON	peach
el melón	el meLON	melon
el mercado	el mairKAdo	market
la mermelada	la mairmeLAda	jam
la mesa	la MEssa	table
la mesa de trabajo	la MEssa day traBAho	workbench
el metro	el MEtro	tape measure
la miel	la mee-EL	honey
miércoles	mee-AIRkoless	Wednesday
mirar	meeRAR	to watch
la mochila	la moCHEELa	backpack
mojado	moHAdo	wet
el molino de viento	el moLEEno day beeENto	windmill
el monedero	el moneDAIRo	coin purse
el mono	el MOno	monkey
el monopatín	el monopaTEEN	skateboard
la montaña	la monTANya	mountain
la montaña rusa	la monTANya ROOssa	roller coaster
la moqueta	la moKEta	carpet
morado	moRAdo	purple
la mosca	la MOSSka	fly
la moto	la MOto	motorcycle
el motor	el moTOR	engine
muchos	MOOchoss	many
muerto	MWAIRto	dead
la mujer	la mooHAIR	woman
la mujer policía	la mooHAIR poleeTHEEya	policewoman
las muletas	lass mooLETass	crutches
las muñecas	lass mooNYEKass	dolls
el murciélago	el moorthee-Elago	bat

N

Spanish	Pronunciation	English
la naranja	la naRANha	orange (fruit)
la nariz	el naREETH	nose
la nata	la NAta	cream
la natación	la natathee-ON	swimming
la navaja	la naBAha	penknife
la nave espacial	la NAbay espathee-AL	spaceship
la neblina	la neBLEEna	mist
negro	NEgro	black
el neumático	el nay-ooMAteeko	tire
el nido	el NEEdo	nest
la niebla	la nee-Ebla	fog
la nieve	la nee-Ebay	snow
los niños	loss NEEnyoss	children
la noche	la NOchay	night
la noria	la NOree-a	Ferris wheel
la novia	la NObee-a	bride
el novio	el NObee-o	bridegroom
las nubes	lass NOObess	clouds
nueve	NWEbay	nine
nuevo	NWEbo	new
los números	loss NOOmaiross	numbers

O

Spanish	Pronunciation	English
las ocas	lass Okass	geese
ocho	Ocho	eight
los ojales	loss oHAless	button holes
el ojo	el Oho	eye
las olas	lass Olass	waves
el omelete	el omeLEtay	omelette
once	ONthay	eleven
las orejas	lass oREhass	ears
la oruga	la oROOga	caterpillar
oscuro	ossKOOro	dark
el osito de trapo	el oSSEEto day TRApo	teddy bear
el oso	el Osso	bear
el oso polar	el Oso poLAR	polar bear
el otoño	el oTONyo	fall
el óvalo	el Obalo	oval
las ovejas	lass oBEhass	sheep

P

Spanish	Pronunciation	English
el padre	el PAdray	father
la paja	la PAha	(drinking) straw
el pajar	el paHAR	loft
los pájaros	loss PAhaross	birds
la pajarita	la pahaREEta	bow tie
la pala	la PAla	shovel
palabras opuestas	paLAbrass oPWESStass	opposite words
la paleta	la paLETa	trowel
los palillos	loss paLEELyoss	chopsticks
el palo de esquí	el PAlo day essKEE	ski pole
la paloma	la paLOma	pigeon
las palomitas de maíz	lass paloMEEtass day maEETH	popcorn
los palos	loss PAloss	sticks
el pan	el PAN	bread
la panadera	la panaDAIRa	baker (woman)
el panadero	el panaDAIRo	baker (man)
el pañal	el paNYAL	diaper
el panda	el PANda	panda
los panecillos	loss paneTHEELyoss	(bread) rolls
los panqueques	loss panKEkays	pancakes
los pantalones	loss pantaLOness	pants
los pantalones cortos	loss pantaLOness KORtoss	shorts

el pañuelo	el panyuWELo	handkerchief
los pañuelos de papel	loss panyuWELoss day paPEL	tissues
Papá Noel	paPA noEL	Santa Claus
las papas	lass PApas	potatoes
el papel	el paPEL	paper
el papel de lija	el paPEL day LEEha	sandpaper
la papelera	la papeLAIRa eehee-Eneeko	wastepaper can
el papel higiénico	el paPEL	toilet paper
el paracaídas	el paraka-EEdass	parachute
el paraguas	el paRAgwass	umbrella
la pared	la paRED	wall
el parque	el PARkay	park
la parte delantera	la PARtay delanTAIRa	front
la parte trasera	la PARtay traSSAIRa	back (not front)
el pasillo	el paSEElyo	hall
el paso de peatones	el PAsso day payaTOness	pedestrian crossing
la pasta dentífrica	la PASSta dent-TEEfrika	toothpaste
el pastor	el pasTOR	shepherd
la pastora	la passTORa	shepherdess
las patas	lass PAtass	paws
las patatas fritas	lass paTAtass FREEtass	chips, fries
el patinaje sobre hielo	el pateeNAhay sobray ee-ELo	ice skating
los patines	loss paTEEness	roller blades
los patines de hielo	loss paTEEness day ee-ELo	ice skates
el patio	el PAtee-o	playground
los patitos	loss paTEEtoss	ducklings
los patos	loss PAtoss	ducks
los pavos	loss PAboss	turkeys
el payaso	el paYAsso	clown
la pecera	la peTHAIRa	aquarium
los peces de colores	loss PEthess day koLORess	goldfish
el pecho	el PEcho	chest
el pegamento	el pegaMENto	glue
el peine	el PAYnay	comb
pelear	pelayAR	to fight
el pelícano	el peleeKAno	pelican
el pelo	el PElo	hair
la pelota	la peLOta	ball
la peluquera	la pelooKAIRa	hair stylist (woman)
el peluquero	el pelooKAIRo	barber (man)
pensar	penSAR	to think
el pepino	el pePEEno	cucumber
pequeño	peKENyo	small
la pera	la PEra	pear
el periódico	el peree-Odeeko	newspaper
el periquito	el pereeKEEto	parakeet
el perro	el PErro	dog
el perro pastor	el PErro pasTOR	sheepdog
la persiana	la pairsee-Ana	(window) blind
la pesca	la PESSka	fishing
el pescador	el pesskaDOR	fisherman
el peso	el PEsso	scales
el petrolero	el petrolAIRo	oil tanker (ship)
el pez	el PETH	fish
el piano	el pee-Ano	piano
el picaporte	el peeka PORtay	door handle
el picnic	el PEEKneek	picnic
el pico	el PEEko	beak
el pie	el pee-AY	foot
las piedras	lass pee-Edrass	stones
las piedrecitas	lass pee-edre-THEEtass	pebbles
la pierna	la pee-AIRna	leg
el pijama	el peeHAma	pajamas

las píldoras	lass PEELdorass	pills
el piloto	el peeLOto	pilot
la pimienta	la peemee-ENta	pepper
la piña	la PEEnya	pineapple
el pincel	el peenTHEL	brush
el ping-pong	el peeng-PONG	table tennis
el pingüino	el peenGWEEno	penguin
pintar	peenTAR	to paint
el pintor	el peenTOR	painter (man)
la pintora	la peenTORa	painter (woman)
las pinturas	lass peenTORass	paints
las pinturas para la cara	lass peenTORass para la KAra	face paints
el piragüismo	el peeraGWEEssmo	rowing, canoeing
la piscina	la peessTHEEna	swimming pool
la pista de aterrizaje	la PEESSta day aterreeTHAhay	runway
la pizarra	la peeTHArra	blackboard
la pizza	la PEETza	pizza
la plancha	la PLANcha	iron
el planeta	el plaNETa	planet
la planta	la PLANta	plant
la plastilina	la plasteeLEEna	playdough
los platillos	loss plaTEELyoss	saucers
los platos	loss PLAtos	bowls
la playa	la PLA-ya	beach, seaside
las plumas	lass PLOOmass	feathers
la pocilga	la poTHEELga	pigsty
pocos	POkoss	few
el policía	el poleeTHEE-a	policeman
los pollitos	loss poLYEEtoss	chicks
el pollo	el POlyo	chicken
el pomelo	el poMELo	grapefruit
el poney	el POnee	pony
el poste indicador	el POSStay eendeekaDOR	signpost
los postres	loss POsstress	dessert
la primavera	la preemaVAIRa	spring
primero	preeMAIRo	first
la prima	la PREEma	cousin (girl)
el primo	el PREEmo	cousin (boy)
el profesor	el profeSSOR	teacher (man)
la profesora	la profeSSORa	teacher (woman)
el pueblo	el PWEblo	village
el puente	el PWENtay	bridge
el puerro	el PWErro	leek
la puerta	la PWAIRta	door
la puerta de la cerca	la PWAIRta day la THAIRka	gate
el pulgar	el poolGAR	thumb
el pupitre	el pooPEEtray	desk
el puré de patatas	el pooRAY day paTAtass	mashed potatoes

Q

el queso	el KEsso	cheese
quince	KEENthay	fifteen

R

el rabo	el RAbo	tail
el radiador	el radee-aDOR	radiator
la radio	la RAdee-o	radio
los raíles	loss ra-EEless	train track
la rana	la RAna	frog
rápido	RApeedo	fast
la raqueta	la raKEta	racket
el rastrillo	el rasTREELyo	rake
el ratón	el raTON	mouse
la rebeca	la reBEkah	cardigan

recoger	rekoHAIR	to pick
el recogedor	el rekoheDOR	dustpan
el rectángulo	el recTANgoolo	rectangle
la red	la RED	net
la red de seguridad	la RED day segooreeDAD	safety net
el refrigerador	el reFREE-hairador	refrigerator
la regadera	la regaDORa	watering can
el regalo	el reGAlo	present (gift)
los regalos	loss reGAloss	presents (gifts)
la regla	la REgla	ruler
reírse	ray-EERssay	to laugh
el relámpago	el reLAMpago	lightning
el reloj	el reLOH	clock, watch
el remo	el REmo	oar, rowing
el remolque	el reMOLkay	trailer
los renacuajos	loss renaKWAhoss	tadpoles
el reno	el REno	reindeer
el retrete	el reTRE-tay	toilet
el revisor	el rebeeSSOR	train conductor (man)
la revisora	la rebeeSSORa	train conductor (woman)
el rinoceronte	el reenothaiRONtay	rhinoceros
el río	el REE-o	river
el robot	el roBOT	robot
las rocas	lass ROkass	rocks
el rocío	el roTHEE-o	dew
la rodilla	la roDEELya	knee
rojo	ROho	red
el rombo	el ROMbo	diamond
el rompecabezas	el rompaykaBEthass	jigsaw
romper	romPAIR	to break
la ropa	la ROpa	clothes
la rueda	la RWEda	wheel
el rugby	el ROOGbee	rugby

S

Spanish	Pronunciation	English
sábado	SAbado	Saturday
la sábana	la SAbana	sheet
la sal	la SAL	salt
la sala de espera	la SAla day esPAIRa	waiting room
la salchicha	la salCHEEcha	sausage
la salsa	la SALssa	sauce
saltar	salTAR	to jump, to skip
el salto de trampolín	el SALto day trampoLEEN	diving
las sandalias	lass sanDAlee-ass	sandals
el sapo	el SApo	toad
la sartén	la sarTEN	frying pan
seco	SEko	dry
seis	SAYSS	six
el semáforo	el seMAforo	traffic lights
las semillas	lass seMEELyas	seeds
las señales	lass seNYAless	signals
el sendero	el senDAYroh	path
sentarse	senTARsay	to sit
la serpiente	la sairpee-ENtay	snake
el serrín	el seRREEN	sawdust
el seto	el SEto	hedge
la sierra	la see-Erra	saw
siete	see-Etay	seven
el silbato	el seelBAto	whistle
la silla	la SEELya	chair
la silla de montar	la SEELya day monTAR	saddle
la silla de ruedas	la SEELya day RWEdass	wheelchair
la silleta	la seelYEta	stroller
el snowboarding	el eSNOWbordeeng	snowboarding
el sobrecargo	el sobrayKARgo	flight attendant (man)
el sofá	el soFA	sofa

Spanish	Pronunciation	English
el sol	el SOL	sun
los soldados	loss solDAdoss	soldiers
el sombrero	el somBRAIRo	hat
el sombrero de copa	el somBRAIRo day KOpa	top-hat
el sombrero de paja	el somBRAIRo day paHA	straw hat
la sombrilla	la somBREELya	beach umbrella
sonreir	sonray-EER	to smile
la sopa	la SOpa	soup
soplar	soPLAR	to blow
el subibaja	el soobeeBAha	seesaw
el/la submarinista	el/la soobmaree-NEESSta	frogman/woman
el submarino	el soobmaREEno	submarine
sucio	SOOthee-o	dirty
el suelo	el SWElo	floor
el suéter	el SWEtair	sweater
el surtidor de gasolina	el soorteeDOR day gasoLEEna	gas pump

T

Spanish	Pronunciation	English
la tabla de planchar	la TAbla day planCHAR	ironing board
el tablón	el taBLON	plank
el taburete	el tabooRETay	stool
las tachuelas	lass taCHWElass	tacks
la taladradora	la taladraDORa	road drill
el taladro	el taLADro	drill
el taller	el talYAIR	workshop
los tambores	loss tamBORess	drums
la taquilla	la taKEELya	locker
la tarde	la TARday	evening
la tarjeta de cumpleaños	la tarHETa day koomplayANyoss	birthday card
las tarjetas	lass tarHETass	cards
los tarros	loss TARRoss	jars
el taxi	el TAKssee	taxi
las tazas	lass TAthass	cups
el té	el TAY	tea
el tebeo	el teBAYo	comic
el techo	el TEcho	ceiling
el tejado	el teHAdo	roof
el tejón	el teHON	badger
la telaraña	la telaRANya	cobweb
el teléfono	el teLEFono	telephone
el telescopio	el teleSKOpee-o	telescope
la telesilla	la teleSEELya	chairlift
la televisión	la telebeessee-ON	television
los tenedores	loss teneDORess	forks
el tenis	el TEneess	tennis
los tenis	los TEneess	sneakers
el termómetro	el tairMOmetro	thermometer
el ternero	el tairNAIRo	calf
la tía	la TEE-a	aunt
el tiburón	el teebooRON	shark
el tiempo	el tee-EMpo	weather
la tienda	la tee-ENda	shop
las tiendas de campaña	lass tee-ENdass day kamPANya	tents
el tigre	el TEEgray	tiger
las tijeras	lass teeHAIRass	scissors
el tío	el TEE-o	uncle
el tiovivo	el tee-oBEEbo	merry-go-round
tirar	teeRAR	to pull
el tiro con arco	el TEEro kon ARko	archery
los títeres	loss TEEteress	puppets
la tiza	la TEEtha	chalk
la toalla	la toAlya	towel
el tobogán	el toboGAN	slide
tomar	toMAR	to take